Queens D

Poésies, comptines et chansons pour tous les jours

Illustrations d'Élène Usdin

GALLIMARD JEUNESSE ÉVEIL MUSICAL

SOMMAIRE

Un, deux, trois,

Nous irons aux bois,

Quatre, cinq, six,

Cueillir des cerises,

Sept, huit, neuf,

Dans mon panier neuf,

Dix, onze, douze,

Elles seront toutes rouges.

La souris et le notaire

Se croisèrent à Karachi.

« Qu'il est beau ! » dit la souris.

J'en ferais bien mon mari

Mais le notaire,

Célibataire,

Prit l'avion pour Paris.

Andrée Chedid

IL COURT LE FURET

Il court, il court, le furet,

Le furet du bois,

Mesdames,

Il court, il court, le furet,

Le furet du bois joli.

Il est passé par ici,

Il repassera par là.

LE BLAIREAU

Pour faire ma barbe
Je veux un blaireau,
Graine de rhubarbe,
Graine de poireau.

Par mes poils de barbe !
S'écrie le blaireau,
Graine de rhubarbe,
Graine de poireau,

Tu feras ta barbe
Avec un poireau,
Graine de rhubarbe,
T'auras pas ma peau.

Robert Desnos

Un canard a dit à sa cane :

« Ris, cane, ris, cane ! »

Un canard a dit à sa cane :

« Ris, cane ! » et la cane a ri.

UN ÉLÉPHANT QUI SE BALANÇAIT

Un éléphant qui se balançait
Sur une toile, toile, toile, toile d'araignée
Et il trouvait ce jeu tellement amusant
Que bientôt, que bientôt...

Deux éléphants qui se balançaient
Sur une toile, toile, toile, toile d'araignée
Et ils trouvaient ce jeu tellement amusant
Que bientôt, que bientôt...

Trois éléphants qui se balançaient
Sur une toile, toile, toile, toile d'araignée
Et ils trouvaient ce jeu tellement amusant
Que bientôt, que bientôt, etc.

LA FOURMI

Une fourmi de dix-huit mètres
Avec un chapeau sur la tête,
Ça n'existe pas,
Ça n'existe pas.
Une fourmi traînant un char
Plein de pingouins et de canards,
Ça n'existe pas,
Ça n'existe pas.
Une fourmi parlant français,
Parlant latin et javanais,
Ça n'existe pas,
Ça n'existe pas.
Eh ! Pourquoi pas ?

Robert Desnos

À LA VOLETTE

Mon petit oiseau
A pris sa volée
A pris sa
À la volette
A pris sa volée.

Est allé se mettre
Sur un oranger
Sur un o
À la volette
Sur un oranger.

La branche était sèche
Elle s'est cassée
Elle s'est
À la volette
Elle s'est cassée.

Mon petit oiseau
Où t'es-tu blessé ?
Où t'es-tu
À la volette
Où t'es-tu blessé ?

Me suis cassé l'aile
Et tordu le pied
Et tordu
À la volette
Et tordu le pied.

Mon petit oiseau
Veux-tu te soigner ?
Veux-tu te
À la volette
Veux-tu te soigner ?

Je veux me soigner
Et me marier
Et me ma
À la volette
Et me marier.

Me marier bien vite
Sur un oranger
Sur un o
À la volette
Sur un oranger.

ALEXANDRE LE GRAND

Alexandre le Grand,
Roi de Macédoine,
Avait un cheval
Nommé Bucéphale.

Alexandre le Petit,
Roi de Sibérie,
Avait une souris
Nommée Biribi.

Alexandre le Gros,
Roi de Monaco,
Avait un chameau
Nommé Rococo.

EN SORTANT DE L'ÉCOLE

En sortant de l'école
nous avons rencontré
un grand chemin de fer
qui nous a emmenés
tout autour de la terre
dans un wagon doré.

Tout autour de la terre
nous avons rencontré
la mer qui se promenait
avec tous ses coquillages
ses îles parfumées
et puis ses beaux naufrages
et ses saumons fumés.

Au-dessus de la mer
nous avons rencontré
la lune et les étoiles
sur un bateau à voiles
partant pour le Japon
et les trois mousquetaires
des cinq doigts de la main
tournant la manivelle
d'un petit sous-marin
plongeant au fond des mers
pour chercher des oursins.

Revenant sur la terre
nous avons rencontré
sur la voie de chemin de fer
une maison qui fuyait
fuyait tout autour de la terre
fuyait tout autour de la mer
fuyait devant l'hiver
qui voulait l'attraper.

Mais nous sur notre chemin
de fer on s'est mis à rouler
rouler derrière l'hiver
et on l'a écrasé
et la maison s'est arrêtée
et le printemps nous a salués.

C'était lui le garde-barrière
et il nous a bien remerciés

et toutes les fleurs
de la terre
soudain se sont mises
à pousser pousser à tort
et à travers sur la voie
du chemin de fer
qui ne voulait plus avancer
de peur de les abîmer.

Alors on est revenu à pied
à pied tout autour de la terre
à pied tout autour de la mer
tout autour du soleil
de la lune et des étoiles
à pied à cheval en voiture
et en bateau à voiles.

Jacques Prévert

CONVERSATION

Comment ça va sur la terre ?
– Ça va, ça va, ça va bien.

Les petits chiens sont-ils prospères ?
– Mon Dieu oui merci bien.

Et les nuages ?
– Ça flotte.

Et les volcans ?
– Ça mijote.

Et les fleuves ?
– Ça s'écoule.

Et le temps ?
– Ça se déroule.

Et votre âme ?
– Elle est malade
le printemps était trop vert
elle a mangé trop de salade.

Jean Tardieu

UNE SOURIS VERTE

Une souris verte
Qui courait dans l'herbe.
Je l'attrape par la queue,
Je la montre à ces messieurs.
Ces messieurs me disent :
Trempez-la dans l'huile,
Trempez-la dans l'eau,
Ça fera un escargot
Tout chaud.

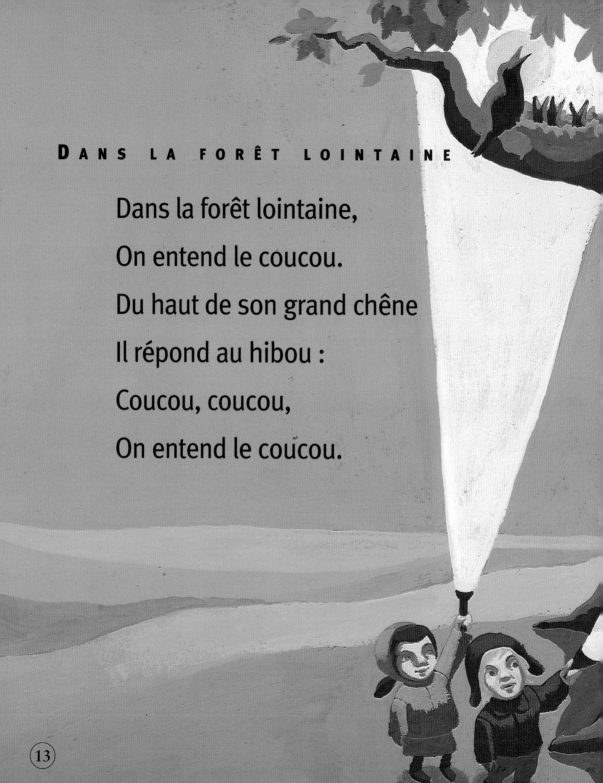

DANS LA FORÊT LOINTAINE

Dans la forêt lointaine,

On entend le coucou.

Du haut de son grand chêne

Il répond au hibou :

Coucou, coucou,

On entend le coucou.

Une poule sur un mur,

Qui picote du pain dur,

Picoti,

Picota,

Lève la patte,

Et puis s'en va

par ce petit chemin-là.

VOICI MA MAIN

Voici ma main,

Elle a cinq doigts.

En voici deux.

En voici trois.

Le pouce est un coquin

L'index montre le chemin

Le majeur n'a peur de rien

L'annulaire

Et l'auriculaire

Sont deux petits frères.

LES BEAUX YEUX

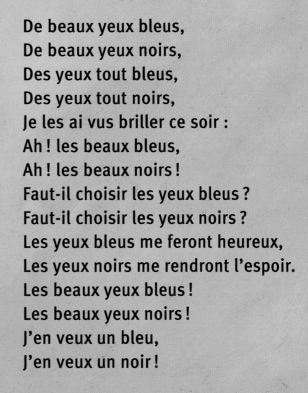

De beaux yeux bleus,
De beaux yeux noirs,
Des yeux tout bleus,
Des yeux tout noirs,
Je les ai vus briller ce soir :
Ah ! les beaux bleus,
Ah ! les beaux noirs !
Faut-il choisir les yeux bleus ?
Faut-il choisir les yeux noirs ?
Les yeux bleus me feront heureux,
Les yeux noirs me rendront l'espoir.
Les beaux yeux bleus !
Les beaux yeux noirs !
J'en veux un bleu,
J'en veux un noir !

Luc Decaunes

Ô pain d'épice,

Ma nourrice

Mon papa est cordonnier.

Ma maman fait des souliers.

Ma petite sœur est demoiselle.

Mon p'tit frère est polisson.

Tire la ficelle

Tire le cordon.

AH ! VOUS DIRAI-JE, MAMAN

Ah ! vous dirai-je, Maman,
Ce qui cause mon tourment :
Papa veut que je raisonne
Comme une grande personne.
Moi, je dis que les bonbons
Valent mieux que la raison.

Ah ! vous dirai-je, Maman,
Ce qui cause mon tourment :
Le chat a mangé la soupe,
La cuisine est en déroute.
Que sera notre dîner
s'il n'y a rien à manger ?

Ah ! vous dirai-je, Maman,
Ce qui cause mon tourment :
Hier j'ai cassé ma poupée,
J'en suis toute désolée.
Comment ferai-je vraiment
Pour m'amuser maintenant ?

LES POISSONS VOLANTS

Maman,
est-ce que les poissons volants
font la course aux goélands
au-dessus de l'océan ?

Maman,
pourquoi la terre en tournant
ne fait pas tomber les gens ?

Maman,
est-ce que les petits caïmans
quand ils ont sept ou huit ans,
comme nous, perdent leurs dents ?

Raymond Lichet

Pan pan pan

Maman est à Caen.

J'ai mangé deux œufs,

La tête à deux bœufs,

Cent livres de pain,

Et j'ai encore faim.

M ON ÂNE

Mon âne, mon âne a bien mal à la tête ;
Madame lui fait faire
un bonnet pour sa fête.
un bonnet pour sa fête,
Et des souliers lilas, la la
Et des souliers lilas.

Mon âne, mon âne a bien mal aux oreilles ;
Madame lui fait faire une paire de boucles d'oreilles.
Une paire de boucles d'oreilles,
Et des souliers lilas, la la
Et des souliers lilas.

Mon âne, mon âne a bien mal à ses yeux ;
Madame lui fait faire une paire de lunettes bleues.

Mon âne, mon âne a bien mal à son nez ;
Madame lui fait faire un joli cache-nez.

Mon âne, mon âne a bien mal à l'estomac ;
Madame lui fait faire une tasse de chocolat.

MOI J'AIME PAPA

Moi j'aim' Papa, moi j'aim' Maman,
J'aim' mon p'tit chien,
Mon p'tit chat,
Mon p'tit frère,
Moi j'aim' Papa, moi j'aim' Maman,
Et j'aim' aussi mon gros éléphant.
J'aim' pas ma tant'
Parc' qu'elle est pas gentille,
J'aim' pas non plus
Mon cousin Nicolas,
L'aut' jour encor
Il m'a chipé mes billes
Et m'a cassé mon grand sabre de bois.

Moi j'aim' Papa, moi j'aim' Maman,
J'aim' mon p'tit chien,
Mon p'tit chat,
Mon p'tit frère,
Moi j'aim' Papa, moi j'aim' Maman,
Et j'aim' aussi mon gros éléphant.

Vacances

Dans les greniers de sapin frais,

Les souris roulent des noix vides

Dans la nuit pure comme une eau

Tout éclaboussée de rainettes.

Le chat dort dans la cendre tiède.

Maurice Fombeurre

À la vanille

Pour les jeunes filles,

Et au citron

Pour les garçons.

MÉTAMORFAUVE

Fatigué de ses rayures,

un tigre voulut changer de parure.

Il s'assit sur un banc peint de frais

... et repartit tout écossais.

Lucie Spède

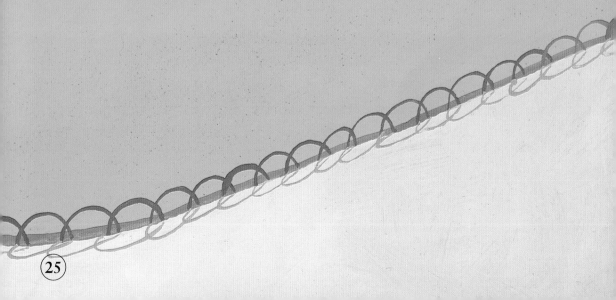

LE BON ROI DAGOBERT

Le bon roi Dagobert
A mis sa culotte à l'envers.
Le grand saint Éloi lui dit :
« Ô mon Roi, Votre Majesté
Est mal culottée. »
« C'est vrai, lui dit le roi,
Je vais la remettre à l'endroit. »

Le bon roi Dagobert
Chassait dans les plaines d'Anvers.
Le grand saint Éloi lui dit :
« Ô mon Roi, Votre Majesté
Est bien essoufflée. »
« C'est vrai, lui dit le roi,
Un lapin courait après moi. »

TRIPERIE

fermeture
définitive

DU
FOIE
A
FOIX

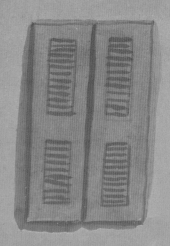

Il était une fois

Dans la ville de Foix

Un bonhomme de foi

Qui vendait du foie

Il se dit : « Ma foi

C'est la première fois

Et la dernière fois

Que je vends du foie

Dans la ville de Foix. »

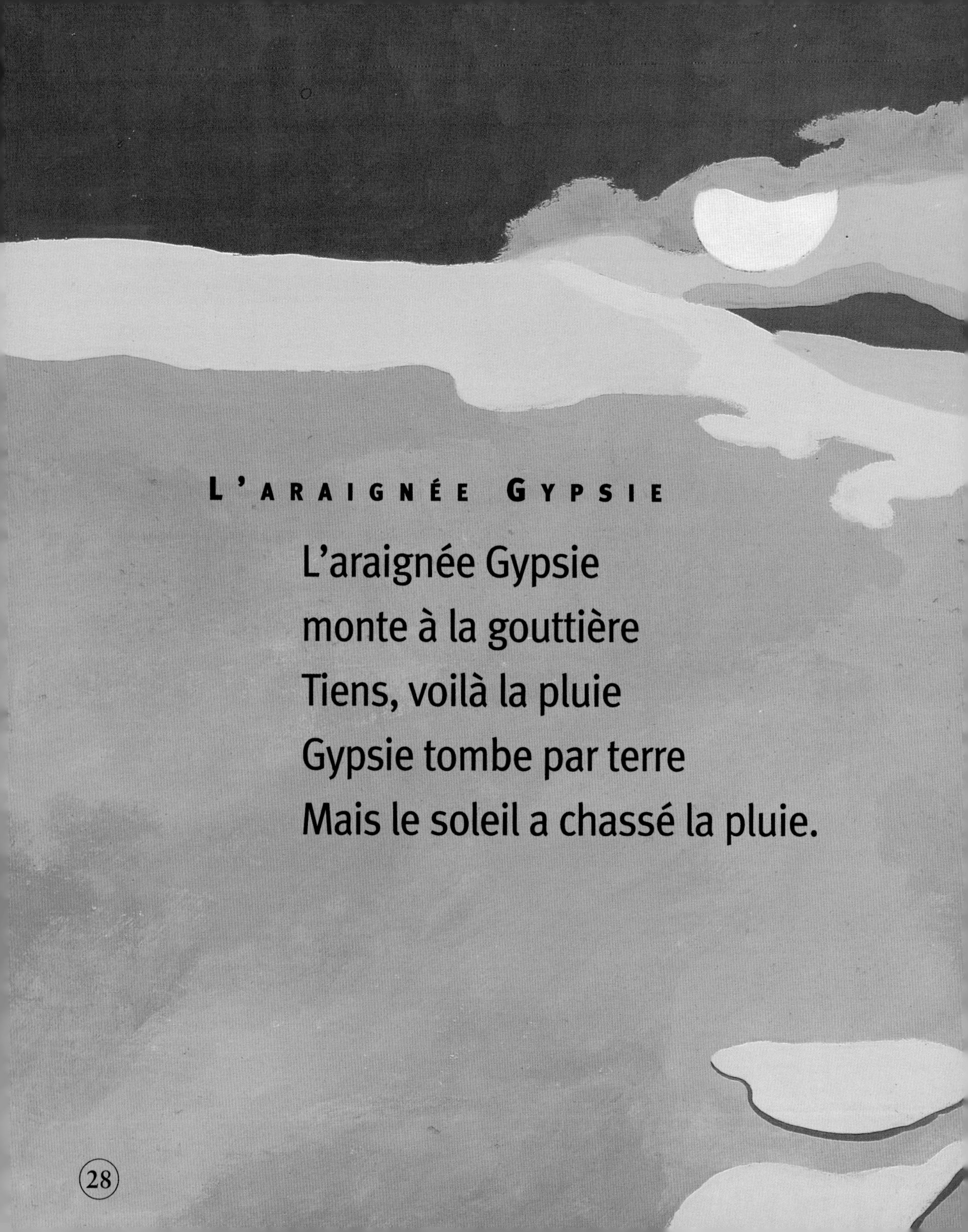

L'araignée Gypsie

L'araignée Gypsie
monte à la gouttière
Tiens, voilà la pluie
Gypsie tombe par terre
Mais le soleil a chassé la pluie.

UNE PUCE, UN POU

Une puce, un pou
Assis sur un tabouret
Jouaient aux cartes,
La puce perdait ;
La puce en colère
Attrapa le pou,
Le jeta par terre,
Lui tordit le cou.
– Madame la puce,
Qu'avez-vous fait là ?
– J'ai commis un crime,
Un assassinat.
Pom ! Pom ! Pom ! Pom !

LES CHANSONS

UN, DEUX, TROIS

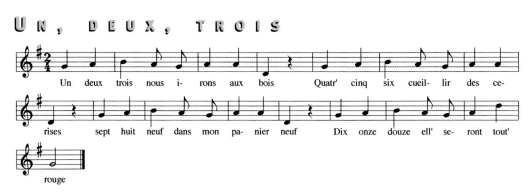

Un deux trois nous i- rons aux bois Quatr' cinq six cueil- lir des ce-

rises sept huit neuf dans mon pa- nier neuf Dix onze douze ell' se- ront tout'

rouge

IL COURT LE FURET

Il court il court le fu- ret le fu- ret du bois Mes- dam's il court il

court le fu- ret le fu- ret du bois jo- li *FIN* Il est pas- sé par i- ci Il re-

pas- se- ra par là Il est pas- sé par i- ci Il re- pas- se- ra par là

UN CANARD A DIT À SA CANE

Un ca- nard a dit à sa ca- ne ris ca- ne ris ca- ne un ca-

nard a dit à sa ca- ne ris can' et la can' a ri un ca- nard a dit à sa

ca- ne ris ca- ne ris ca- ne un ca- nard a dit à sa ca- ne ris can' et la can' a

ri

UN ÉLÉPHANT QUI SE BALANÇAIT

Un é- lé- phant qui se ba- lan- çait sur u- ne toi- le toi- le

toi- le toi- le d'a- rai- gnée et il trou- vait ce jeu

tell'- ment a- mu- sant que bien- tôt que bien- tôt

À LA VOLETTE

Mon pe- tit oi- seau A pris sa vo- lée A pris sa à la vo- let- te A pris

sa à la vo- let- te A pris sa vo- lée

EN SORTANT DE L'ÉCOLE

En sor- tant de l'é- cole nous av- vons ren- con- tré Un grand che-

min de fer Qui nous a em- me- nés Tout au- tour de la terre Dans un wa- gon do- ré

Tout au- tour de la terre nous a- vons ren- con- tré La mer qui se pro- me- nait

a- vec tous ses co- quil- lages Ses i- les par- fu- mées et puis ses beaux nau-

frages et ses sau- mons fu- més

UNE SOURIS VERTE

U- ne sou- ris ver- te Qui cou- rait dans l'her- be. Je l'at- trap- pe par la queue

Je la montr' à ces mes- sieurs Ces mes- sieurs me di- sent Trem- pez la dans l'hui- le

Trem- pez la dans l'eau ça fe- ra un es- car- got Tout chaud

DANS LA FORÊT LOINTAINE

Dans la fo- rêt loin- tai- ne on en- tend le cou- cou

du haut de son grand chê- ne il ré- pond au hi- bou

cou- cou cou- cou on en- tend le cou- cou

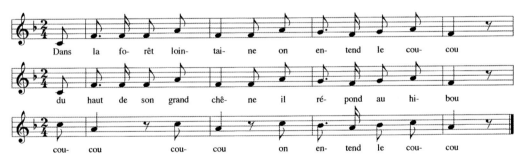

UNE POULE SUR UN MUR

U- ne pou- le sur un mur qui pi- co- te du pain dur pi- co- ti pi- co- ta

lèv' la patt' et puis s'en va par ce pe- tit che- min là

LES BEAUX YEUX

De beaux yeux bleus de beaux yeux noirs Des yeux tout bleus des yeux tout noirs_
Je les ai vus bril- ler ce soir Ah les beaux bleus ah les beaux noirs

Faut- il choi- sir les yeux bleus faut- il choi- sir les yeux noirs Les

yeux bleus me fe- ront heu- reux Les yeux noirs me ren- dront l'es- poir- Les beaux yeux

bleus les beaux yeux noirs J'en veux un bleu j'en veux un noir

AH! VOUS DIRAI-JE, MAMAN

Ah vous di- rai- je Ma- man Ce qui cau- se mon tour- ment Pa- pa veut que je rai- son- ne com- me

une gran- de per- son- ne Moi je dis que les bon- bons va- lent mieux que la rai- son

MON ÂNE

Mon â- ne mon ân' a bien mal à la tête Ma- da- me lui fait faire un

bon- net pour sa fête un bon- net pour sa fête et des sou- liers li- las la la et

des sou- liers li- las

MOI J'AIME PAPA

Moi J'aim' Pa- pa moi j'aim' Ma- man J'aim' mon p'tit chien mon p'tit chat mon p'tit

frè- re Moi j'aim' Pa- pa moi j'aim' Ma- man et j'aim' au- ssi mon gros é- lé-

phant J'aim' pas ma tant' parc' qu'ell' est pas gent- ti- lle J'aim' pas non plus mon cou-

sin Ni- co- las L'aut' jour en- cor' il ma chi- pé des bil- les Et ma ca- ssé mon beau

sa- bre de bois

À LA VANILLE

A la va- nille pour les jeun' filles et au ci- tron pour les gar- çons la la la

la la la la la la la la la la la la la

Le bon roi Dagobert

Le bon roi Da- go- bert A mis sa cu- lotte à l'en- vers Le grand

saint E- loi lui dit O mon roi vo- tre ma- jes- té est mal cu- lot- tée c'est

vrai lui dit le roi je vais la re- mettre à l'en- droit

L'araignée Gypsie

L'a- rai- gnée Gy- psie mont' à la gout- tiè- re v'là ma- dam' la pluie

Gy- psie tomb' par ter- re mais le so- leil a cha- ssé la pluie

Une puce, un pou

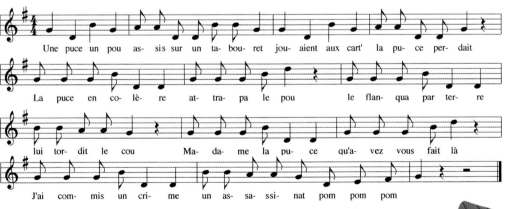

Une puce un pou as- sis sur un ta- bou- ret jou- aient aux cart' la pu- ce per- dait

La puce en co- lè- re at- tra- pa le pou le flan- qua par ter- re

lui tor- dit le cou Ma- da- me la pu- ce qu'a- vez vous fait là

J'ai com- mis un cri- me un as- sa- ssi- nat pom pom pom

Gallimard Jeunesse Musique :
Paule du Bouchet

LIVRE
Coordination éditoriale : Marine de Pierrefeu
Graphisme : Anne-Catherine Boudet et Chloé Bureau du Colombier

DISQUE
Direction artistique et réalisation :
Paule du Bouchet, Patrice Gomis et Constance Barrès
Composition et arrangements : Patrice Gomis
Flûte : Michel Derouin - **Piano :** Michel Derouin
Clarinette et clarinette basse : Renaud Desbazeille
Hautbois et cor anglais : Catherine Coquet
Percussions : Frédéric Gauthier, Yonella Christu et Pape Dieye
L'enregistrement du CD a été réalisé aux Studios de la Seine.
Prise de son, mixage et montage : Luka Chauvière,
Bruno Dejarnac et Fabrice Maria

La souris et le notaire, Andrée Chedid (© Éditions de l'Atelier)
Le blaireau, Robert Desnos in *Chantefables et chantefleurs* de Robert Desnos (© Éditions Gründ, Paris)
La fourmi, Robert Desnos in *Chantefables et chantefleurs* de Robert Desnos (© Éditions Gründ, Paris)
En sortant de l'école, Jacques Prévert in *Histoires* (© Éditions Gallimard),
mis en musique par Joseph Kosma (© MCMXLVI by Enoch et Cie, 1946)
Conversation, Jean Tardieu in *Monsieur Monsieur* recueilli dans Le Fleuve caché (© Éditions Gallimard)
Les beaux yeux, Luc Decaunes in *Chansons pour un bichon* (musique et texte © Éditions Seghers, 1979)
Les poissons volants, Raymond Lichet in *Galipettes* (© Écoles des Loisirs, 1971)
Vacances (extrait), Maurice Fombeurre in *À dos d'oiseau* de Maurice Fombeurre (© Éditions Gallimard)
Métamorfauve, Lucie Spède in *Mon premier livre de poèmes pour rire* de Jacques Charpentreau (© Éditions de l'Atelier, 1992)

Nous remercions les auteurs et les éditeurs
qui nous ont autorisés à reproduire textes ou fragments
de textes dont ils gardent l'entier copyright (texte original ou traduction).

LES COLLECTIONS GALLIMARD JEUNESSE MUSIQUE

Les imagiers (tout-petits)
Mon imagier sonore
Mon imagier des amusettes
Mon imagier des rondes
Mon imagier des animaux sauvages
L'imagier de ma journée
Mon imagier en anglais

Coco le ouistiti (dès 18 mois)
Coco et le poisson Ploc
Coco et les bulles de savon
Coco et la confiture
Coco lave son linge
Coco et les pompiers
Coco et le tambour

**Mes Premières Découvertes
de la Musique** (3 à 6 ans)
Barnabé et les bruits de la vie
Charlie et le jazz
Faustine et les claviers
Fifi et les voix
Léo, Marie et l'orchestre
Loulou et l'électroacoustique
Max et le rock
Momo et les cordes
Petit Singe et les percussions
Tim et Tom et les instruments à vent
Tom'bé et le rap
Timbélélé et la musique africaine
Cayétano et la musique sud-américaine

Musique et langues
(3 à 6 ans)
Billy and Rose

Découverte des Musiciens
(6 à 10 ans)
Jean-Sébastien Bach
Ludwig van Beethoven
Hector Berlioz
Frédéric Chopin
Claude Debussy
Georg Friedrich Haendel
Wolfgang Amadeus Mozart
Henry Purcell
Franz Schubert
Antonio Vivaldi

Grand répertoire
(8 à 12 ans)
Douce et Barbe Bleue
Carmen
La Flûte enchantée

Musiques d'ailleurs (8 à 12 ans)
Antòn et la musique cubaine
Bama et le blues
Brendan et les musiques celtiques
Djenia et le raï
Jimmy et le reggae
Tchavo et la musique tsigane

Musiques de tous les temps (8 à 12 ans)
Gilles, la musique au temps du Roi-Soleil
Jehan, la musique au temps des chevaliers
Naoum, la musique de la préhistoire

Carnets de danse (8 à 12 ans)
La Danse classique
La Danse hip-hop
La Danse jazz
La Danse moderne

Hors-séries (pour tous)
L'Alphabet des grands musiciens
L'Alphabet des musiques de film
L'Alphabet du Jazz
Les Berceuses des grands musiciens
Les Berceuses du monde entier (vol. 1)
Les Berceuses du monde entier (vol. 2)
La Bible en musique
Chansons d'enfants du monde entier
Chansons de France (vol. 1)
Chansons de France (vol. 2)
Chanter en voiture
Les Fables enchantées
Musiques à faire peur
La Mythologie en musique
Poésies, comptines et chansons pour le soir

ISBN : 2-07-053548-7
© Éditions Gallimard Jeunesse
Premier dépôt légal : juin 2002
dépôt légal : septembre 2005
Numéro d'édition : 138729
Imprimé en Italie par Editoriale-Lloyd
Loi n° 49-956 du 16 juillet 1949
sur les publications destinées à la jeunesse